Dieses Buch gehört

Markus Trautmann · Cornelia Möres

Mein Buch vom Papst

Wie wird man Papst?
Was macht der Papst?
Warum wohnt er in Rom?

Mit Illustrationen von Uta Fischer

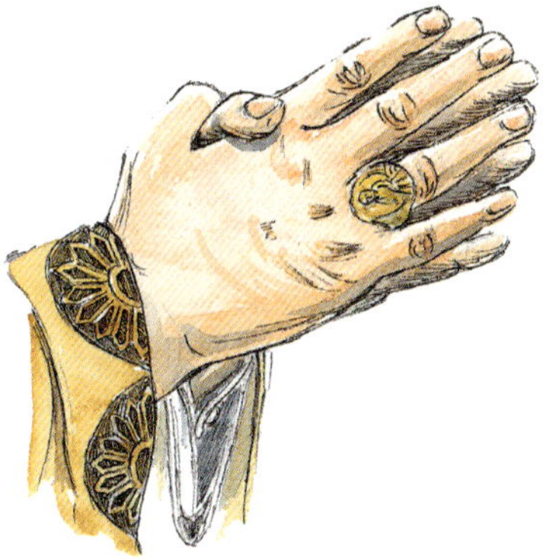

Butzon & Bercker

Inhalt

← *Der Petersplatz*

ES PETRVS ET SVPER HANC PETRAM AEDIFICABO

Vorwort

Die katholische Kirche hat einen Papst – das war in der Geschichte der Kirche so und das ist heute so. Das Papstamt hat eine sehr lange Tradition und es hat sehr gute Gründe: Der Papst ist der oberste Hirte der Kirche, er führt sie durch die Zeit, durch gute und durch schwierige Phasen.

Manchmal war es mit dem Papst nicht so einfach: Es gab Zeiten in der Geschichte der Kirche, da war er eher der Macht als dem Glauben zugewandt, da zählten Besitztümer mehr als der Dienst an den Menschen. Aber die Kirche hat es immer wieder geschafft, das Blatt zu wenden, Missstände aufzuheben.

Dieses Buch will einen kleinen Einblick in diese Geschichte geben, aber es will auch zeigen, was der Papst heute bedeutet, wofür er steht. Der Papst hat den Menschen etwas zu sagen, er will ihren Blick zu Gott lenken und das Schiff der großen Weltkirche durch das Meer der Zeit steuern.

Markus Trautmann
Cornelia Möres

Jesus bittet uns, dass seine lebendige Kirche so groß sei, dass sie ein Haus für alle sei. Zusammen wollen wir die Kirche Jesu aufbauen.

Papst Franziskus

← *Die Kuppel des Petersdoms*

Menschenfischer

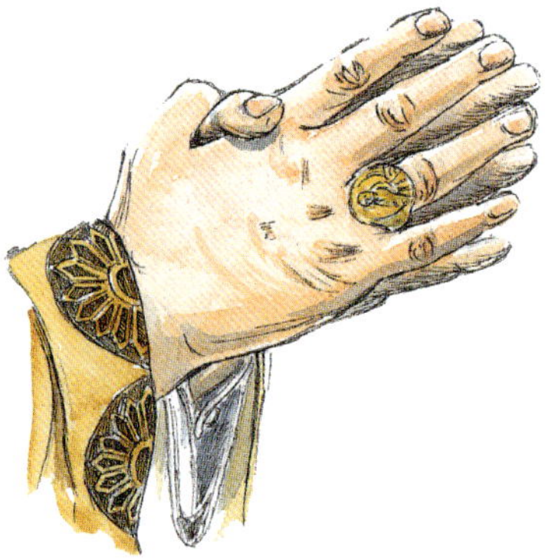

Der Fischerring erinnert den Papst daran, dass er wie Petrus ein „Menschenfischer" sein soll.

Wenn ein Papst sein Amt antritt, bekommt er ein besonderes Erkennungszeichen überreicht: den Fischerring. Auf diesem Ring ist der heilige Petrus in einem Boot abgebildet, wie er gerade ein Fischernetz einholt. Die Gläubigen verehren Petrus als den ersten Papst. Mit dem Ring erinnert sich jeder Papst daran, dass er als sein Nachfolger zum so genannten „Petrus-Dienst" ernannt ist.

Petrus hieß ursprünglich Simon. Er stammte aus einem Fischerdorf am See Gennesaret. Eines Tages kam Jesus an das Ufer des

Sees. Dort sah er Simon und seinen Bruder Andreas, als sie gerade ihre Fischernetze auswarfen. Da sagte Jesus zu ihnen: „Kommt her! Folgt mir nach! Ich werde euch zu Menschenfischern machen!" Simon gehörte später zu den zwölf Aposteln. Er zog mit Jesus durch das Land und war dabei, wenn er zu den Menschen sprach und von seinem Vater im Himmel erzählte.

„Für wen haltet ihr mich?", so wollte Jesus einmal von seinen Jüngern wissen. Simon antwortete: „Du bist der Sohn des lebendigen Gottes!" Da sagte Jesus zu ihm: „Simon, du darfst dich freuen, weil du das gesagt hast. Du sollst jetzt Petrus heißen, das bedeutet: der Fels. Denn du bist der Fels, auf dem ich meine Kirche bauen werde. Die Mächte des Bösen werden sie nicht überwältigen." Dann sagte Jesus noch zu Petrus: „Ich werde dir die Schlüssel des Himmelreiches geben." Er meinte damit: Petrus hat die Aufgabe, den Menschen den Weg zu Gott zu öffnen.

Wusstest du ...

Der heilige Petrus wird immer mit Schlüsseln dargestellt. Bis heute finden wir die gekreuzten Schlüssel auch auf Münzen oder Urkunden des Papstes.

Wusstest du ...
Weil der Papst auch „Oberhirte“ der Kirche genannt wird, hat er im Gottesdienst ein Kreuz als Hirtenstab bei sich. Außerdem trägt er über dem Messgewand das Pallium, ein gewebtes weißes Band aus Lammwolle, das er um Hals und Schultern legt.

Weide meine Schafe

Nach der Auferstehung Jesu kamen Petrus und der Herr am See Gennesaret zusammen, dort, wo sie sich kennen gelernt hatten. Da fragte Jesus: „Petrus, liebst du mich?“ Petrus sagte: „Ja, Herr, du weißt, dass ich dich liebe!“ Da sagte Jesus: „Weide meine Lämmer!“ Dann wiederholte Jesus seine Frage und Petrus antwortete dasselbe. Zum dritten Mal fragte Jesus, ob Petrus ihn wirklich lieb habe. Da wurde Petrus traurig, weil Jesus ihn vor all den anderen dreimal dasselbe fragte. Ihm fiel ein, dass er ja erst vor wenigen Tagen dreimal geleugnet hatte, Jesus überhaupt nur zu kennen. Trotzdem sagte er kleinlaut: „Du weißt doch alles, du weißt, dass ich dich lieb habe.“ Und noch einmal gab Jesus den Auftrag: „Weide meine Schafe!“

Für Petrus war dieser Moment ein Neuanfang. Er wusste, dass Jesus ihm seinen Fehler verziehen hatte. Er traute ihm sogar zu, in Zukunft wie ein guter Hirte für die anderen Jünger und alle Gläubigen zu sorgen!

Was macht einen guten Hirten aus? Er sorgt für die Herde und hält sie zusammen. Die Schwachen stärkt er, die Verwundeten versorgt er, die Verirrten bringt er heil zurück zur Herde. Ein guter Hirt schützt die Herde vor gefährlichen Wegen und feindlichen Raubtieren.

Auch wo Menschen zusammenleben, muss sich jemand darum kümmern, dass alle sich vertragen und zusammenhalten. Jeder Verein hat einen Vorsitzenden, jede Stadt einen Bürgermeister, jedes Land ein Staatsoberhaupt. Der Papst ist der Oberhirte von über einer Milliarde Katholiken auf der ganzen Welt. Er sorgt für die Einheit der katholischen Kirche und hält auch Kontakt zu anderen christlichen Kirchen, selbst wenn die evangelischen, anglikanischen oder orthodoxen Christen ihn nicht als ihr Oberhaupt anerkennen. Auch der Kontakt zu Mitgliedern anderer Religionen, wie Juden, Moslems oder Buddhisten, liegt dem Papst am Herzen.

Die Wahl eines Papstes

Wenn ein Papst stirbt, wird sein Fischerring zerbrochen. Dann kommen die vielen Kardinäle aus der ganzen Welt in Rom zusammen, um einen Nachfolger zu wählen. Fast alle Kardinäle sind gleichzeitig Bischöfe, zusammen mit dem Papst tragen sie besondere Verantwortung für die katholische Kirche in ihrem jeweiligen Land und Bistum. Zusammen wählen die Kardinäle einen Vertreter aus ihrer Runde zum neuen Papst. Ein Papst wird nicht für eine bestimmte Dauer, sondern auf Lebenszeit gewählt.

Die Kardinäle haben sich in der Sixtinischen Kapelle versammelt.

Die Wahlversammlung heißt „Konklave" und findet in der Sixtinischen Kapelle im Vatikan statt. Das Konklave ist streng geheim. Früher wurde sogar die Tür der Kapelle zugemauert! Die Kardinäle dürfen das Konklave erst dann wieder verlassen, wenn sie einen Papst gewählt haben. Dafür braucht der Kandidat zwei Drittel aller Stimmen. Solange die nicht beisammen sind, werden die Wahlzettel immer wieder verbrannt und ein neuer Wahlgang wird angesetzt. Das kann tagelang dauern. Einmal kam es vor, dass das Dach abgedeckt wurde, damit die Kardinäle sich beeilten!

Wusstest du …

Damit die Menschen wissen, ob ein neuer Papst gewählt wurde, gibt es ein besonderes Zeichen: Verbrennen die Kardinäle in der Sixtinischen Kapelle die Wahlzettel, ohne dass ein neuer Papst gewählt wurde, sehen die Menschen aus dem Schornstein schwarzen Rauch aufsteigen. Ist der Papst gewählt, steigt weißer Rauch auf.

Die letzten Papstwahlen

Der soeben gewählte Papst zeigt sich den Menschen.

Das Konklave im Jahr 2005 endete schon nach 26 Stunden. Zur Überraschung der ganzen Welt wählten die Kardinäle nach vielen Jahrhunderten einen Deutschen: Joseph Ratzinger. Dieser war zunächst selbst ganz erschrocken, nahm die Wahl aber an: „Ich bin ein einfacher Arbeiter im Weinberg des Herrn", rief er vom Balkon des Petersdoms. Benedikt XVI. ist mit 78 Jahren Papst geworden, in einem Alter, in dem andere schon lange im Ruhestand leben.

Unter den 266 Päpsten vor ihm gab es nur sieben Deutsche in diesem Amt. Er führte die römisch-katholische Kirche acht Jahre lang als Papst.

Das letzte Konklave fand im Jahr 2013 statt. Auch dieses war eines der kürzesten der Geschichte, und nach nur fünf Wahlgängen stieg weißer Rauch aus dem Schornstein der Sixtinischen Kapelle auf. Als neuer Papst betrat der Erzbischof von Buenos Aires, Kardinal Jorge Mario Bergoglio, den Balkon des Petersdoms – ein Mann „vom anderen Ende der Welt", wie er selbst schmunzelnd meinte. Er trägt seitdem den Namen Papst Franziskus.

Mit deiner Hilfe,
barmherziger Vater,
lass uns stets aufmerksam
auf die Stimme des Geistes hören.

Gebet von Papst Franziskus

Der Papst twittert

Jede Begegnung mit Jesus verändert das Leben.

Liebe junge Freunde, Jesus gibt uns das Leben, das wirkliche Leben. Bei ihm haben wir Freude im Herzen und ein Lächeln auf den Lippen.

Liebe junge Freunde, hört nicht auf, von einer gerechteren Welt zu träumen!

Um die Welt zu verändern, muss man denen Gutes tun, die nicht in der Lage sind, es zu erwidern.

Diener der Diener Gottes

Der Papst ist gleichzeitig Bischof von Rom. Daher trägt er bei festlichen Gottesdiensten wie jeder Bischof außer dem Hirtenstab auch eine Mitra und ein Brustkreuz. Anders als alle anderen Priester und Bischöfe trägt der Papst als einziger ein weißes Gewand (Soutane) mit einer weißen Schärpe, auf die das Papstwappen gestickt ist, und auf dem Kopf ein weißes Käppchen. Weiß ist ein Zeichen für Reinheit, auch für Freude und Nächstenliebe.

Wenn man den Papst anspricht, nennt man ihn „Heiliger Vater". Manchmal wird der Papst auch „Stellvertreter Christi" oder „Diener der Diener Gottes" genannt.

Lies nach!
Der Papst folgt – wie jeder gläubige Christ – Jesus nach, der sich selbst als Diener der Menschen bezeichnet hat: „Denn auch der Menschensohn ist nicht gekommen, um sich dienen zu lassen, sondern um zu dienen". (Matthäusevangelium 20,28)

Die römische Kirche St. Johannes im Lateran

Jesus hat einmal zu Petrus gesagt: „Stärke deine Brüder!" Deshalb ist der Papst das Oberhaupt aller Bischöfe der Welt. Man spricht vom „Primat" des Papstes, das kommt vom lateinischen „primus", was so viel heißt wie „der Erste". Mit den Bischöfen berät er sich bei wichtigen Entscheidungen. Seine engsten Berater sind die Kardinäle. Manchmal ruft der Papst auch ausgewählte Bischöfe zu einer Synode zusammen. Eine Versammlung mit allen Bischöfen der Welt nennt man Konzil. Das letzte Konzil dauerte von 1962 bis 1965, dort wurden wichtige Veränderungen in der katholischen Kirche beschlossen. Zum Beispiel wird die heilige Messe seither nicht mehr auf Lateinisch, sondern in der jeweiligen Landessprache gefeiert. Der Papst sagte damals: „Ich will ein Fenster öffnen, damit frischer Wind in die Kirche weht!"

Wusstest du …

Als Bischof von Rom hat der Papst auch eine Bischofskirche, wie jeder andere Bischof auch. Allerdings ist dies nicht, wie man vermuten könnte, der Petersdom, sondern die Kirche St. Johannes im Lateran. Sie ist die Bischofskirche des Bistums Rom.

Bischof von Rom und Papst der Weltkirche

Der Papst hat also zwei Ämter: Er ist für die Menschen der Stadt und der Diözese Rom ihr Bischof, für die Katholiken der ganzen Welt ist er das Oberhaupt, der Papst. Er leitet die

Weltkirche von Rom aus und er achtet darauf, dass überall auf der Welt der rechte Glaube gelehrt wird. Denn Jesus hatte zum Abschied zu seinen Aposteln gesagt: „Geht zu allen Völkern und macht alle Menschen zu meinen Jüngern. Lehrt sie, alles zu befolgen, was ich euch geboten habe."

Wichtig sind dabei die Rundbriefe des Papstes, die in die ganze Welt geschickt werden, man nennt so einen Brief „Enzyklika". Um die Einheit und den Glauben seiner Kirche zu stärken, schreibt der Papst nicht nur Briefe, sondern er besucht seine Gläubigen auch. Ein Papstbesuch ist für jedes Land ein großes Ereignis.

Außerdem werden große Feiern aus dem Vatikan oder von einem Papstbesuch über die Medien in die ganze Welt verbreitet. So können die Gläubigen überall auf der Welt verfolgen, was der Papst macht und was er zu den Menschen spricht.

An Ostern und Weihnachten segnet der Papst die ganze Menschheit. Der päpstliche Segen wird über Fernsehen in alle Länder übertragen und heißt „Urbi et Orbi". Das bedeutet: „Für die Stadt und den ganzen Erdkreis". Umgekehrt beten auch die Gläubigen in jeder heiligen Messe für den Papst. Dann bitten wir Gott, dass er unserem Oberhirten genug Kraft gebe für die Aufgabe, die Jesus schon dem Petrus anvertraut hat: „Weide meine Schafe, weide meine Lämmer!"

Wusstest du ...

In der katholischen Kirche gibt es verschiedene Arten von Schriften und Dokumenten. Grundlegend für all diese ist die Heilige Schrift, an der sich alle weiteren Texte orientieren. So gibt es den Katechismus als Zusammenfassung der Lehre der Kirche und der Grundfragen des Glaubens. Außerdem gibt es ein kirchliches Gesetzbuch, Lehrschreiben wie die Enzykliken und weitere Apostolische Schreiben. Auch Predigten und Ansprachen des Papstes werden veröffentlicht.

Beim Papst in Rom

Warum lebt der Papst eigentlich in Rom? Weil hier Petrus begraben liegt. Als Petrus nach Rom kam, herrschte hier Kaiser Nero. Er ließ die Christen verfolgen. Eines Tages wurde auch Petrus gefangen genommen und zum Tod am Kreuz verurteilt. Er sagte: „Ich bin nicht würdig, genauso wie mein Herr Jesus Christus zu sterben!" Da kreuzigte man ihn mit dem Kopf nach unten! Seine Freunde begruben den Leichnam des Petrus am Vatikanischen Hügel. Schon bald wurde die Grabstätte zum Wallfahrtsort der Christen.

Heute befindet sich über dem Petrusgrab der Petersdom. Er ist die größte Kirche der Christenheit. Seine gewaltige Kuppel überragt die ganze Stadt Rom. Bevor Papst Benedikt XVI. am 24. April 2005 in seine neue Aufgabe eingeführt wurde, hat er zuerst am Grab des heiligen Petrus gebetet.

Das große Rundfenster über dem Altar des Petersdoms zeigt den Heiligen Geist in Gestalt einer Taube. Es erinnert an das Pfingstfest in Jerusalem. Petrus hielt damals mit kraftvollen Worten eine öffentliche Ansprache: „Ändert euer Leben und lasst euch auf den Namen Jesu taufen zur Vergebung der Sünden!" Es ist noch heute eine wichtige Aufgabe des Papstes, wie Petrus ohne Furcht die Menschen aufzurufen, sich zu Jesus zu bekehren und ihm nachzufolgen.

Wusstest du ...

Fast täglich empfängt der Papst Bischöfe, Politiker und andere Menschen aus der ganzen Welt zur Privataudienz. „Audienz" bedeutet so viel wie „Anhörung". Wenn der Papst seinen Besuchern zuhört, erfährt er, was sie auf dem Herzen haben. Der Papst muss gut informiert sein über seine Kirche überall auf der Welt. Deshalb fahren alle fünf Jahre die Bischöfe eines Landes gemeinsam nach Rom, um ihm über ihre Diözesen und ihre Länder zu berichten.

Wusstest du ...
Der Tradition nach wohnt der Papst im Apostolischen Palast in der päpstlichen Wohnung. Papst Franziskus allerdings ist bis heute im Gästehaus Santa Marta wohnen geblieben, in das er zu Beginn des Konklaves als Kardinal (wie alle Kardinäle für die Zeit der Papstwahl) eingezogen war.

Der Vatikan

Direkt neben dem Petersdom steht der Palast des Papstes. Er gehört zusammen mit dem Petersplatz sowie weiteren Gebäuden und den Gärten des Papstes zum Vatikan. Der Vatikan ist ein eigener Staat – der kleinste Staat der Welt. Wie jeder andere Staat hat er eigene Münzen, Briefmarken, eine Radiostation, einen Bahnhof, eine eigene Zeitung, ja sogar eine kleine Armee: die „Schweizer Garde“. Die etwa 130 Gardisten

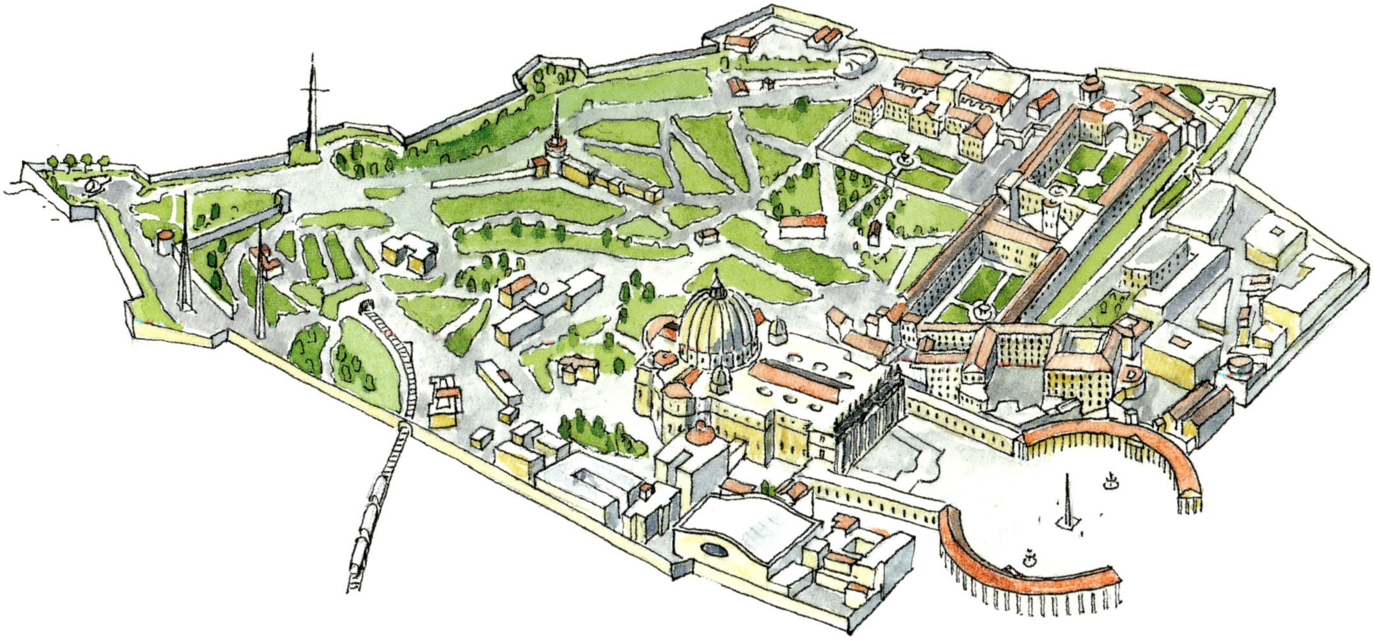

stammen wirklich aus der Schweiz und tragen leuchtend-bunte Uniformen. Sie sind die Leibwächter des Papstes und begleiten ihn auch auf seinen Reisen.

Die Fahne des Vatikans besteht aus einem gelben und einem weißen Streifen. Auf den Autos stehen die Buchstaben SCV, das heißt „Stato della Città del Vaticano", auf Deutsch „Staat der Vatikanstadt".

Im Vatikan befinden sich die Behörden des Papstes. Man spricht auch von der „Kurie" oder dem „Heiligen Stuhl". Die wichtigsten Mitarbeiter nennt man Kurienkardinäle; man kann sie mit Ministern einer Regierung vergleichen.

Die Fahne des Vatikans

Der Papst als Staatsoberhaupt

Der Papst ist zugleich das Oberhaupt der Weltkirche und das Oberhaupt des kleinen Vatikanstaates. Deshalb schickt er wie jeder Staatschef seine Gesandten zu den Regierungen in der ganzen Welt. Den Botschafter eines Papstes nennt man „Nuntius“. Auch in Berlin, Wien und Bern gibt es einen Nuntius. Dass der Papst in der ganzen Welt seine Botschafter hat, hilft ihm, sich für seine Gläubigen in den verschiedenen Ländern einzusetzen.

Wusstest du ...

Als richtiger Staat hat der Vatikanstaat natürlich auch ein eigenes Kennzeichen. Auf allen Autos steht SCV (Stato della Città del Vaticano). Der Papst hat das Kennzeichen SCV-1 und ein ganz besonderes Auto. Es wird Papamobil genannt. Damit alle Menschen den Papst gut sehen können, wurde es speziell für ihn gebaut.

Von diesen Autos gibt es übrigens nicht nur ein Modell. Auf der ganzen Welt gibt es über 50 Papamobile, die alle das Kennzeichen SCV-1 haben. Wenn der Papst zu Besuch kommt, werden sie aus der Garage geholt und es kann losgehen.

Einen Vertrag, den der Papst mit der Regierung eines anderen Landes schließt, nennt man „Konkordat".

Papst Franziskus mit Barack Obama, dem Präsidenten der USA

Viele Regierungschefs der ganzen Welt kommen zu Treffen mit dem Papst in den Vatikan. Meist führt der Papst ein kurzes Gespräch mit den Einzelnen, häufig ruft er sie dabei dazu auf, sich für mehr Menschlichkeit und eine gerechtere Gesellschaft einzusetzen. In aktuellen politischen Fragen oder bei Konflikten bringt er die Botschaft des Friedens immer wieder ein.

Aber auch wer kein regierender oder mächtiger Mensch ist, kann den Papst im Vatikan sehen, nämlich an jedem Mittwochmorgen bei der Generalaudienz auf dem Petersplatz. Dabei spricht der Papst nicht mit jedem Einzelnen, sondern mit allen, die sich auf dem Platz versammelt haben. Meist fährt er mit seinem weißen Papamobil auf dem Petersplatz vor.

Wusstest du …

Nicht nur der Papst hat Botschafter in der ganzen Welt, sondern die einzelnen Länder schicken auch Vertreter nach Rom zum Vatikan. Wie in anderen Ländern auch pflegen diese Diplomaten die Beziehungen der Länder untereinander.

Ein Blick in die Vergangenheit

Der Vatikanstaat in seiner heutigen Form besteht seit 1929. Aber schon früher gab es jahrhundertelang einen eigenen Kirchenstaat. Damals war der Papst nicht nur Oberhirte der Kirche, sondern oft auch ein mächtiger Landesherr. Er war also nicht nur für den rechten Glauben der Christen verantwortlich, sondern musste sich wie ein Politiker um das Wohlergehen seines Staates sorgen.

Ab dem 4. Jahrhundert ging das Reich der Römer langsam unter, weil fremde Völker es immer wieder überfielen. Bald gab es keinen richtigen Staat mehr. Nur die Kirche ging nicht unter und vereinte weiterhin die Gläubigen. Anstatt zusammenzuhalten, begannen aber auch die Christen, sich untereinander zu streiten. Manche Irrlehrer traten damals auf und stellten den Glauben falsch dar. In dieser Zeit, als alles zerfiel, wurden Amt und Einfluss des Bischofs von Rom immer wichtiger.

Einer der wichtigsten Päpste war Leo der Große um das Jahr 450. Er hat nicht nur die Kirche vor falschen Lehren bewahrt, sondern auch die Stadt Rom vor der Zerstörung. Als er schon ein alter Mann war, wurde Rom nämlich von den Hunnen, einem kriegerischen Nomadenvolk, angegriffen. Da ging Papst Leo ohne jede Waffe dem gefürchteten Hunnenkönig entgegen und sprach mit ihm. Die Hunnen zogen tatsächlich wieder ab, sodass Rom nicht geplündert und verbrannt wurde.

Noch ein anderer Papst wurde „der Große“ genannt: der heilige Gregor. Wie Papst Leo musste auch er gegen falsche Glaubensverkünder in der Kirche vorgehen. Eigentlich war Gregor Mönch in einem Kloster, bevor er Papst wurde. Als Mönch hatte er versprochen, in Armut zu leben. Jetzt als Papst kümmerte er sich sehr um arme Menschen. Er verkaufte manchen Besitz der Kirche, um Menschen zu helfen, die in Not geraten waren.

Als Gregor um das Jahr 600 Papst war, war der christliche Glaube in vielen Gebieten Europas noch unbekannt und musste ganz neu verkündet werden. Die Verbreitung des Christentums in den Gebieten der Heiden nennt man „Mission“. Gregor hat viel für die Mission getan. So hat er Mönche nach England geschickt und die Menschen dort für die katholische Kirche gewonnen.

Macht und Glanz der Päpste

In all den Jahrhunderten blieb Europa nicht verschont von Kriegen. Immer wieder wurde auch Rom angegriffen. Die Päpste bangten um ihr Leben und konnten oft ihre Aufgabe nicht erfüllen. Mehrmals riefen sie die befreundeten Könige der Franken zu Hilfe. Damit der Papst in Sicherheit leben konnte, schenkten ihm die Franken in dieser Zeit ein großes Gebiet um Rom. Dieses Gebiet wurde zu einem eigenen Staat, dem Kirchenstaat.

Die Päpste waren jetzt Landesherren und ihre Macht wurde immer größer. Bald kam es zum Streit mit dem deutschen Kaiser. Wer sollte beispielsweise die Bischöfe auswählen? Der Papst oder der Kaiser? Irgendwann entschied der Papst, den Kaiser aus der Kirche auszuschließen.

Das war für den Kaiser eine harte Strafe. Was sollte er machen? Da entschied er, zum Papst nach Italien zu gehen und ihn um Verzeihung zu bitten. Im kalten Winter 1077 zog Kaiser Heinrich IV.

mit einigen Getreuen über die Alpen. Auf der verschneiten Burg Canossa traf er Papst Gregor VII. Er flehte den Papst an, ihn wieder in die Kirche aufzunehmen. Der Papst konnte nicht anders: Wenn jemand seine Schuld bereut und um Verzeihung bittet, darf man ihm die Vergebung nicht verweigern. So versöhnten sich der Papst und der Kaiser. Der „Gang nach Canossa" war der Höhepunkt eines langen Streites, bei dem der Papst seine Rechte als Oberhaupt der Kirche gegen den Kaiser und die Fürsten verteidigte.

Wusstest du …
Der Gang des bereuenden Kaisers zum Papst ist so geschichtsträchtig, dass er zu einem Sprichwort geworden ist: Noch heute spricht man von einem „Canossa-Gang", wenn jemand einen erniedrigenden Bittgang macht.

In Osteuropa dagegen zerbrach die Einheit der Kirche. In Byzanz, dem heutigen Istanbul, saß nämlich noch ein Kaiser, der das byzantinische Reich beherrschte. Im Jahre 1054 kam es zum Bruch zwischen Rom und Byzanz. Seitdem werden die Christen Osteuropas, die den Papst als Oberhaupt nicht anerkennen, „Orthodoxe" genannt.

Das Ende der weltlichen Macht

Der Papstpalast in Avignon

Es gab auch Zeiten, da wurde der Papst ein Spielball der Könige. So zwang der französische König den Papst, Rom zu verlassen und seinen Amtssitz zu ihm nach Frankreich zu verlegen. Von 1309 bis 1377 lebten die Päpste deshalb in Avignon. Das Ansehen des Papsttums sank in dieser Zeit sehr stark. Mancher Papst war bestechlich und lebte in Saus und Braus.

Immer wieder traten aber auch Heilige auf, welche die Päpste zum Nachdenken brachten. So zeigte der heilige Franz von Assisi mit seinem Bettelorden dem Papst, dass man auch ganz arm leben kann. Die heilige Katharina von Siena redete dem Papst ins

Gewissen, nach Rom zurückzukommen. Auch viele Bischöfe haben sich um eine Erneuerung der Kirche bemüht. Als sie sich 1414 zu einem Konzil in Konstanz trafen, wählten sie erst einmal einen neuen Papst – denn zu dieser Zeit gab es drei Päpste gleichzeitig!

Durch den Unverstand und die Selbstsucht manches Papstes entstand viel Schaden. Die Prachtentfaltung der Päpste war um 1500 zu ihrem Höhepunkt gelangt und die Kritik daran wurde immer lauter. Als die große Peterskirche gebaut werden sollte, brauchte der Papst Geld. Er ließ in ganz Europa Urkunden, so genannte „Ablassbriefe", verkaufen und versprach dafür die Vergebung der Sünden.

All diese Dinge führten schließlich zur „Reformation". Der deutsche Mönch Martin Luther war über den Zustand der Kirche so entsetzt, dass er 1517 die Fürsten und Gläubigen aufrief, den Papst nicht mehr als Oberhaupt der Kirche anzuerkennen. Andere Reformatoren taten dasselbe, so entstanden neben der katholischen Kirche verschiedene neue Glaubensgemeinschaften, die man „protestantisch" oder „reformiert" nennt. In manchen Gebieten verschwand die katholische Kirche ganz.

Martin Luther schlägt 95 Thesen an das Tor der Wittenberger Schlosskirche.

Als sich die Päpste wieder mehr auf ihre eigentlichen Aufgaben besannen, blühte das religiöse Leben der katholischen Kirche wieder auf. Die weltliche Macht des Papstes wurde aber immer kleiner. Schließlich verschleppte Kaiser Napoleon sogar den Papst, der 1799 im Kerker starb. 1870 wurde auch der Kirchenstaat aufgelöst.

Wusstest du …

„Habt keine Angst! Öffnet, ja reißt die Tore weit auf für Christus!" Diesen Ausruf richtete Papst Johannes Paul II. bei seiner Amtseinführung 1978 an die Menschen auf dem Petersplatz. Er wurde auch zum Programm seiner fast 27-jährigen Amtszeit als Papst. Seine Heiligsprechung am 27.April 2014 durch Papst Franziskus macht deutlich, welch großes Vorbild Johannes Paul II. für die Kirche ist.

Papst Johannes Paul II.

Niemals aber gab es so viele Christenverfolgungen wie im 20. Jahrhundert. Gewaltherrscher in vielen Ländern, so in Russland oder Deutschland, verfolgten die Bischöfe, Priester und Gläubigen, wenn sie sich nicht anpassen wollten.

**Seid Menschen,
die bereit sind,
für andere da zu sein.**

Johannes Paul II.

Mit dem Zweiten Weltkrieg wurde die Welt in zwei große Machtblöcke gespalten. Amerika und die Sowjetunion standen sich gegenüber in einem „Kalten Krieg" und bedrohten sich mit Atomwaffen. Diese Weltmächte verkörperten die westlich-demokratische und die östlich-kommunistische Welt. Im kommunistischen Machtblock wurden Christen häufig unterdrückt und es war sehr schwer, den Glauben zu leben.

Papst Johannes Paul II. rief unermüdlich dazu auf, die Menschenrechte einzuhalten. Damit hat er wesentlich zur Überwindung des Kommunismus und zum Ende des „Kalten Kriegs" beigetragen.

Johannes Paul II. wollte die christliche Botschaft in jeden Winkel der Erde tragen. Daher reiste er wie kein anderer Papst um die ganze Welt. Auf über 100 Reisen besuchte er insgesamt 130 Länder. Dabei legte er mehr als eine Million Kilometer zurück, das ist so viel wie 25-mal um die Erde oder dreimal zum Mond und zurück!

1986 lud er die Vertreter der verschiedenen Weltreligionen zu einem Weltgebetstag für den Frieden nach Assisi ein. Im Heiligen Jahr 2000 hat er die Menschheit um Verzeihung gebeten für die Fehler und Versäumnisse der Kirche im Lauf der Geschichte.

Johannes Paul II. stammte aus Polen und war seit mehr als 450 Jahren der erste Papst, der kein Italiener war. Seine Amtszeit dauerte 26 Jahre. Als er im Jahre 2005 starb, kamen Millionen Menschen nach Rom, um sich von ihm zu verabschieden.

Steckbrief

Karol Wojtyla wurde 1920 in Wadowice in Polen geboren. Er war vielseitig interessiert, liebte die Literatur und das Theaterspielen, aber auch den Sport. Nach einigen Jahren als Professor wurde er Erzbischof von Krakau und 1978 mit 58 Jahren zum ersten slawischen Papst gewählt.

Die Weltjugendtage

Papst Johannes Paul II. hat die Jugendlichen der ganzen Welt eingeladen, „das junge und aktuelle Geheimnis der Kirche", wie er sagte, zu entdecken. Seit dem ersten internationalen Weltjugendtag 1986 in Rom lädt der Papst alle paar Jahre junge Christen in ein anderes Land ein. Millionen Jugendliche haben seitdem begeisternde und prägende Tage der Gemeinschaft und der Begegnung mit Gott und mit anderen jungen Menschen erlebt.

Als zum Weltjugendtag 1995 in Manila 4 Millionen Menschen zusammenkamen, war das die größte Versammlung der Menschheitsgeschichte überhaupt. Aber auch die anderen Weltjugendtage beeindrucken mit großen Zahlen an Jugendlichen, die sich zu Gebeten und Gottesdiensten versammeln.

In den Jahren, in denen kein internationaler Weltjugendtag stattfindet, wird der Tag im Kleinen in den Diözesen gefeiert. Denn, so Johannes Paul II., „die Kirche hat der Jugend viel zu sagen, und die Jugend hat der Kirche viel zu sagen."

Wusstest du ...

Beim letzten Weltjugendtag im Juli 2013 in Rio de Janeiro rief Papst Franziskus junge Menschen aus 175 Ländern dazu auf, Jesus in ihr Herz aufzunehmen und den Glauben in der Welt zu bezeugen. Im Abschlussgottesdienst sagte er vor über drei Millionen Jugendlichen und jungen Erwachsenen wörtlich: „Jesus Christus rechnet mit euch! Die Kirche rechnet mit euch! Der Papst rechnet mit euch!"

Gebet

Eine neue Welt

Heiliger Geist, du Liebe des Vaters zum Sohn,
mit dem Glanz deiner Wahrheit
und mit dem Feuer deiner Liebe
sendest du dein Licht zu allen jungen Menschen,
sodass sie Glauben, Hoffnung und Nächstenliebe
in die vier Himmelsrichtungen der Welt tragen mögen;
sodass sie zu großen Erbauern
einer Kultur des Lebens und des Friedens
und zu den Protagonisten
einer neuen Welt werden.

Gebet von Papst Franziskus zum Weltjugendtag

Wusstest du ...
Bei der Wahl seines Namens hat Benedikt XVI. sich sowohl an dem Heiligen Benedikt von Nursia als auch an Papst Benedikt XVI. orientiert. Der heilige Benedikt ist Patron Europas und Gründer des Benediktinerordens, Papst Benedikt XV. (gestorben 1922) ging als „Friedenspapst" in die Geschichte ein.

Papst Benedikt XVI.

Für einen Papst steht jeden Tag sehr viel auf dem Programm: Morgens feiert er die heilige Messe. Im Laufe des Vormittags empfängt er Menschen zur Privataudienz. Nachmittags sitzt er meist am Schreibtisch und schreibt Briefe, trifft Entscheidungen oder liest Berichte und Briefe, die man ihm geschickt hat.

Wer glaubt, ist nie allein.

Papst Benedikt XVI.

Papst Benedikt XVI. unternahm seine erste Auslandsreise nach Polen, in die Heimat seines Vorgängers. Kurze Zeit später reiste er nach Deutschland, nämlich im August 2005 anlässlich des Weltjugendtags in Köln. 2006 war er zu Gast in seiner bayrischen Heimat und besuchte dort auch den Wallfahrtsort Altötting. Ein letztes Mal war Benedikt XVI. im September 2011 in Deutschland: Höhepunkt war seine Ansprache vor den Abgeordneten des Deutschen Bundestags in Berlin.

Im Jahr 2013 traf Benedikt XVI. eine sehr ungewöhnliche Entscheidung: Er trat von seinem Amt als Papst zurück. Den anwesenden Kardinälen sagte er: „Nachdem ich wiederholt mein Gewissen vor Gott geprüft habe, bin ich zur Gewissheit gelangt, dass meine Kräfte infolge des vorgerückten Alters nicht mehr geeignet sind, um in angemessener Weise den Petrusdienst auszuüben." Als emeritierter Papst zog er sich in ein Kloster im Vatikan zurück.

Steckbrief

Joseph Ratzinger wurde 1927 in Bayern geboren. Lange Jahre lehrte er als Professor an der Universität, dann wurde er Bischof von München und Freising, später Kardinal in Rom. Dort war er einer der engsten Vertrauten seines Vorgängers Papst Johannes Paul II.

Es gibt nichts Schöneres, als Christus zu kennen und anderen die Freundschaft mit ihm zu schenken.

Papst Benedikt XVI.

Papstreisen

„Wer glaubt, ist nie allein", so hat Papst Benedikt XVI. einmal gesagt. Und weil der Papst das Oberhaupt der Weltkirche ist und weil er als dieses den Kontakt mit den Gläubigen in der ganzen Welt sucht, macht sich der Papst immer wieder auf die Reise – um die Gemeinschaft im Glauben auszudrücken.

Für jedes Land, das ein Papst besucht, ist dies ein sehr großes Ereignis. Die Menschen fiebern dem Besuch entgegen, kommen zu den großen Papstmessen in die Städte und feiern die Gottesdienste mit ihrem Oberhirten. Millionen Gläubige können die Reisen über das Fernsehen oder Internet verfolgen. Oft besucht der Papst bedeutende Orte wie Gedenkstätten oder hält Ansprachen in Universitäten. Auch Regierende und Politiker empfangen den Papst. Unvergessen sind die Bilder der letzten drei Päpste vor der „Klagemauer" in Jerusalem. Hier brachten sie ihre besondere Verbundenheit mit dem Judentum zum Ausdruck.

Wusstest du …
Die vielen Auslandsreisen der Päpste finden in den Medien große Aufmerksamkeit. Als Bischof von Rom besucht der Papst aber auch die italienischen Bistümer und die Menschen dort in den Gemeinden. Diese zahlreichen Besuche werden allerdings außerhalb Italiens weniger wahrgenommen.

Aber nicht in jedem Land ist der Papst uneingeschränkt willkommen: Politische oder kulturelle Konflikte im Land sorgen manchmal für eine angespannte Situation vor einem solchen Besuch. Jedoch berichten die meisten, die je einen Papstbesuch miterlebt haben, nachher voller Begeisterung von ihren Erlebnissen.

Papst Franziskus steigt in Korea aus dem Flugzeug.

**Das Gebet vermag alles.
Nutzen wir es, um Frieden
in die ganze Welt zu bringen.**

Papst Franziskus

Papst Franziskus

Als das Konklave im März 2013 zu Ende ging und sich der neue Papst der Öffentlichkeit zeigte, war die Überraschung für viele groß: Jorge Mario Bergoglio war Papst Franziskus. Damit war zum ersten Mal ein Jesuit Papst. Schon nach wenigen Minuten hatte er die Herzen tausender Gläubiger erobert durch seine freundliche und herzliche Art und seine Menschlichkeit.

Steckbrief

Jorge Mario Bergoglio wurde 1936 als Sohn italienischer Einwanderer in Buenos Aires/Argentinien geboren. Er studierte zunächst Chemie, entschied sich dann aber für den Priesterberuf und trat in die „Gesellschaft Jesu“, den Orden der Jesuiten, ein. Seit 1998 war er Erzbischof von Buenos Aires, lebte als Bischof aber in großer Nähe zu den Menschen. So zog er eine einfache Wohnung dem bischöflichen Palast und die öffentlichen Verkehrsmittel der Bischofslimousine vor. Sein Blick galt stets den Ärmsten und Schwächsten der Gesellschaft. So ist die Wahl seines Papstnamens der Ausdruck seines Anliegens, Anwalt der Armen zu sein.

Papst Franziskus führt die Kirche in einer Zeit, die nicht einfach ist. Viele Menschen haben das Vertrauen in die Kirche verloren, auch in Deutschland haben Krisen dazu geführt, dass sich viele von der Kirche abgewendet haben. Doch während in den Jahrzehnten zuvor das Papsttum für viele ein Stein des Anstoßes war, genießt Papst Franziskus heute Ansehen und Wertschätzung. Seine Zuwendung zu den Menschen und besonders zu den Armen, aber auch sein bescheidener Lebensstil, überzeugen die Menschen. Er ermahnt die Christen: „Geht an die Ränder!" Innerhalb der Kirche hat er Veränderungen und Reformen in Gang gesetzt. Die Kirche ist in Bewegung. Papst Franziskus stellt sich ganz in ihren Dienst und in den Dienst des barmherzigen Gottes.

Steckbrief

Franziskus von Assisi

Franziskus lebte im 12./13. Jh. in Assisi/Italien. Als Sohn einer reichen Händlerfamilie lebte er zunächst im Luxus, änderte aber dann radikal sein Leben und wandte sich vom Reichtum ab und dem Leben in Armut zu. All seine Kraft und sein Bestreben setzte er dafür ein, den Willen Gottes zu tun und für die Menschen und die ganze Schöpfung da zu sein. Auf Franziskus geht der Orden der Franziskaner, ein Bettelorden, zurück.

Der Papst und die Kinder

Von jeder Papstreise, fast von jeder Audienz, gibt es Bilder, auf denen der Papst mit Kindern zu sehen ist: Er begrüßt sie, segnet sie, nimmt sie in den Arm. Die Kinder sind die Zukunft der Kirche.

Nicht nur in den persönlichen Begegnungen will der Papst für die Kinder da sein. Es gibt auch feste Einrichtungen, die sich um das Wohl der Kinder bemühen. So wurde etwa schon vor Jahrzehnten das Kindermissionswerk „Die Sternsinger" gegründet, das Kindern in benachteiligten Ländern zu einem besseren Leben, zu Bildung und Gesundheit verhelfen möchte. Jedes Jahr unterstützen Tausende von Kindern als Sternsinger diese Arbeit, indem sie Geld für diese Hilfsprojekte sammeln.

Im Vatikan gibt es neben vielen anderen Institutionen auch den „Päpstlichen Rat für die Familie". Er vertritt innerhalb und außerhalb der Kirche die besonderen Rechte und die Würde der Familien und will damit den Eltern und den Kindern die bestmöglichen Bedingungen für ihr Familienleben ermöglichen.

Lies nach ...
Jesus hat den Kindern besondere Aufmerksamkeit geschenkt, zum Beispiel als er sagte: „Lasst die Kinder zu mir kommen; hindert sie nicht daran! Denn Menschen wie ihnen gehört das Reich Gottes." (Lukasevangelium 18,16)

Gebet

Blicke auf unsere Familien

Herr und Gott, blicke auf uns! …
Blicke auf unsere Familien …
Herr, lass uns nicht allein.
Hilf uns, einander zu helfen,
dass wir ein wenig den Egoismus vergessen
und wir im Herzen das „Wir" spüren;
wir als Volk, das vorangehen will …
Segne uns alle.
Im Namen des Vaters,
des Sohnes und
des Heiligen Geistes.

Papst Franziskus

Bildnachweis:

Cover, S. 15: Jeffrey Bruno – Wikipedia; S. 4: © vicspacewalker – iStock; S. 6: © Florian Galler – Fotolia.com; S. 8: © HMS – Fotolia.com; S. 10: Piotrus – Wikipedia; S. 14: Tenan – Wikipedia; S. 17: Peter Clarke – Wikipedia; S. 19: © digidreamgrafix – Fotolia.com; S. 22: Danlor_1 – Wikipedia; S. 25: © Bistum Mainz / Matschak; S. 33: Fotoarchiv L'Osservatore Romano; S. 34 oben: Superbass – Wikipedia; S. 34 unten: Iglesia_en_Valladolid – Wikipedia; S. 35: © BeTa-Artworks – Fotolia.com; S. 37, 40: Agencia Brasil – Wikipedia; S. 39: korea.net – Wikipedia; S. 40/41 unten: © KNA; S. 42: © Martin Steffen/Kindermissionswerk; S. 43: © dtaeubert – photocase.de

Bibliografische Information der Deutschen Bibliothek
Die Deutsche Bibliothek verzeichnet diese Publikation in der Deutschen Nationalbibliografie; detaillierte bibliografische Daten sind im Internet über http://dnb.ddb.de abrufbar.

e verlags gruppe engagement

Das Gesamtprogramm von Butzon & Bercker finden Sie im Internet unter www.bube.de

ISBN: 978-3-7666-1894-8

Umschlaggestaltung, Layout und Satz: Kai & Amrei Serfling GbR, Leipzig

Printed in Poland.